SOCIÉTÉ DES CONCERTS POPULAIRES
DE NANTES

I0550895

LA
DAMNATION

DE

FAUST

DE HECTOR BERLIOZ

Exécutée au Théâtre de la Renaissance les 14 et 16 Décembre 1883

NANTES
IMPRIMERIE F. SALIÈRES
25, Quai de la Fosse, 25

—

1883

PRIX : 20 CENTIMES

SOCIÉTÉ DES CONCERTS POPULAIRES
DE NANTES

LA

DAMNATION

DE FAUST

DE

HECTOR BERLIOZ

Exécutée au Théâtre de la Renaissance les 14 et 16 Décembre 1883

AVEC LE CONCOURS DE

Mlle CAROLINE BRUN *Mezzo-Soprano, des Concerts Colonne.*	M. MAZALBERT *Ténor, des Concerts Colonne.*
M. CLAVERIE *Baryton, des Concerts Colonne.*	M. FOURNETS *Basse, des Concerts Colonne.*

LA SOCIÉTÉ CHORALE DE NANTES (A. WEINGAERTNER)

LES CHŒURS DU GRAND-THÉATRE

ET L'ORCHESTRE DE LA SOCIÉTÉ DES CONCERTS
(155 EXÉCUTANTS)

Sous la Direction de M. A. WEINGAERTNER

—→ 1883 ←—

Y th

NOTICE

Hᴇᴄᴛᴏʀ BERLIOZ, compositeur français, est né à la Côte-Saint-André (Isère), le 11 décembre 1803.

Son père, médecin distingué, lui fit commencer ses études de médecine qu'il vint continuer à Paris. Mais poursuivi dès l'enfance par la passion de la composition musicale, il quitta l'Ecole de Médecine pour le Conservatoire (1826). En vain, son père irrité lui supprima sa pension, il se fit choriste aux Nouveautés aux appointements de cinquante francs par mois. Il suivit au Conservatoire les cours de Reicha et de Lesueur.

C'était l'époque des ardentes luttes de l'école romantique contre les œuvres d'un autre temps devenues célèbres et désignées sous le nom de *classiques*. Ce mouvement, commencé par la littérature, s'était étendu jusqu'aux arts du dessin.

Berlioz s'y jeta avec enthousiasme et voulut y faire entrer la musique. Dès ce moment, une idée ou plutôt une opinion présida à ses travaux. Il se persuada que la musique doit avoir un sujet, un programme, et que le triomphe de l'art est d'exprimer ce programme par des effets pittoresques, soit avec le secours des voix et de la parole, soit par les instruments seuls.

Tout l'œuvre de Berlioz est le produit de sa volonté pour la réalisation de cette idée.

La *Damnation de Faust* tout entière est là.

Le premier ouvrage du grand musicien fut une messe à quatre voix avec chœurs et orchestre, que suivirent son ouverture de *Waverley*, celle des *Francs-Juges*, et sa *Symphonie Fantastique*.

En 1830, il obtint à l'Institut le premier prix de composition musicale.

Il écrivit alors son ouverture du *Roi Lear*, puis sa *Symphonie d'Harold*, composée principalement pour alto à la prière de ✿Paganini, et sa symphonie de *Roméo et Juliette*, sa *Messe des Morts*, enfin son opéra *Benvenuto Cellini* (1838).

Jusqu'en 1843, il visita la Belgique, la Russie et l'Allemagne, donnant des concerts et faisant exécuter ses compositions. C'est à cette époque qu'il écrivit son ouverture du *Carnaval Romain*.

En 1846, il composa sa *Damnation de Faust*, légende dramatique en quatre parties qui fut exécutée à l'Opéra-Comique.

Puis vint l'*Enfance du Christ*. En 1860, il acheva un grand opéra en cinq actes : *Les Troyens*.

Comme critique et comme écrivain, Berlioz s'est fait une réputation justement méritée. Pendant un certain nombre d'années, il a fait preuve d'une grande facilité en ce genre, par la multiplicité de ses travaux et par l'activité de sa collaboration à la *Gazette Musicale* et au *Journal des Débats*. Il a laissé une quantité d'*Etudes* et de *Mélanges*, puis un *Traité d'Instrumentation*.

Il a écrit lui-même les paroles de plusieurs de ses compositions musicales.

Hector Berlioz est mort à Paris, le 9 mars 1869. Il était membre de l'Institut, bibliothécaire du Conservatoire, officier de la Légion d'honneur et décoré d'une quantité d'ordres étrangers.

A. LA ROCHE.

AVANT-PROPOS

Le titre seul de la *Damnation de Faust* indique que cet ouvrage n'est pas basé sur l'idée principale du *Faust* de Goëthe, puisque, dans l'illustre poème, Faust *est sauvé*. L'auteur de la *Damnation de Faust* a seulement emprunté à Goëthe un certain nombre de scènes qui pouvaient entrer dans le plan qu'il s'était tracé, scènes dont la séduction sur son esprit était irrésistible. Mais fût-il resté fidèle à la pensée de Goëthe, il n'en eût pas moins encouru le reproche que plusieurs personnes lui ont déjà adressé (quelques-unes avec amertume) d'avoir *mutilé un monument*.

En effet, on sait qu'il est absolument impraticable de mettre en musique un poème de quelque étendue, qui ne fut pas écrit pour être chanté, sans lui faire subir une foule de modifications. Et de tous les poèmes dramatiques existants, *Faust*, sans aucun doute, est le plus impossible à chanter intégralement d'un bout à l'autre. Or si, tout en conservant la donnée du *Faust* de Goëthe, il faut, pour en faire le sujet d'une composition musicale, modifier le chef-d'œuvre de cent façons diverses, le crime de lèse-majesté du génie est tout aussi évident dans ce cas que dans l'autre et mérite une égale réprobation.

Il s'ensuit alors qu'il devrait être interdit aux musiciens de choisir pour thèmes de leurs compositions des poèmes illustres. Nous serions ainsi privés de l'opéra de *Don Juan*, de Mozart, pour le livret duquel Da Ponte a modifié le *Don Juan* de Molière; nous ne posséderions pas non plus son *Mariage de Figaro*, pour lequel le texte de la comédie de Beaumarchais n'a certes pas été respecté; ni celui du *Barbier de Séville*, de Rossini, par la même raison; ni l'*Alceste*, de Gluck, qui n'est qu'une paraphrase informe de la tragédie d'Euripide; ni son *Iphigénie en Aulide* pour laquelle on a inutilement (et ceci est vraiment coupable) gâté des vers de Racine qui pouvaient parfaitement entrer avec leur pure beauté dans les récitatifs; on n'eût écrit aucun des nombreux opéras qui existent sur des drames de Shakespeare; enfin, M. Spohr serait peut-être condamnable d'avoir produit une œuvre qui porte aussi le nom de *Faust*, où l'on trouve les personnages de *Faust*, de *Méphis-tophélès*, de *Marguerite*, une scène de sorcières, et qui pourtant ne ressemble point au poème de Goëthe.

Maintenant, aux observations de détail qui ont été faites sur le livret de la *Damnation de Faust*, il sera également facile de répondre.

Pourquoi l'auteur, dit-on, a-t-il fait aller son personnage en Hongrie ?

Paree qu'il avait envie de faire entendre un morceau de musique instrumentale dont le thème est hongrois. Il l'avoue sincèrement. Il l'eût mené partout ailleurs, s'il eût trouvé la moindre raison musicale de le faire. Goëthe, lui-même, dans le second *Faust*, n'a-t-il pas conduit son héros à Sparte, dans le palais de Ménélas ?

La légende du docteur Faust peut être traitée de toutes manières : elle est du domaine public ; elle avait été dramatisée avant Goëthe ; elle circulait depuis longtemps sous diverses formes dans le monde littéraire du nord de l'Europe, quand il s'en empara ; le *Faust* de Marlow jouissait même, en Angle-terre, d'une sorte de célébrité, d'une gloire réelle, que Goëthe a fait pâlir et disparaître.

Quant à ceux des vers allemands, chantés dans la *Damnation de Faust*, qui sont des vers de Goëthe altérés, ils doivent évidemment choquer les oreilles allemandes, comme les vers de Racine, altérés sans raison dans l'*Iphigénie* de Glück, choquent les oreilles françaises. Seulement on ne doit pas oublier que la partition de cet ouvrage fut écrite sur un texte français, qui, dans certaines parties, est lui-même une traduction de l'allemand, et que, pour satisfaire ensuite au désir du compositeur de soumettre son œuvre au jugement du public le plus musical de l'Europe, il a fallu écrire en allemand *une traduction de la traduction*.

Peut-être ces observations paraîtront-elles puériles à d'excellents esprits qui voient tout de suite le fond des choses et n'aiment pas qu'on s'évertue à leur prouver qu'on est incapable de vouloir mettre à sec la mer Caspienne ou faire sauter le mont Blanc. M. H. Berlioz n'a pas cru pouvoir s'en dispenser, néanmoins, tant il lui est pénible de se voir accuser d'infidélité à la religion de toute sa vie, et de manquer, même indirecte-ment, de respect au génie.

S. RICHAULT.

PERSONNAGES

Marguerite,	*Mezzo-soprano,*	Mlle C. BRUN.
Faust,	*Ténor,*	M. MAZALBERT.
Méphistophélès,	*Baryton,*	M. CLAVERIE.
Brander,	*Basse,*	M. FOURNÈTS.

LA
DAMNATION DE FAUST

LÉGENDE DRAMATIQUE EN QUATRE PARTIES (1)

PREMIÈRE PARTIE

SCÈNE PREMIÈRE

FAUST, *seul, dans les champs, au lever du soleil.*
(Plaine de Hongrie).

Le vieil hiver a fait place au printemps ;
   La nature s'est rajeunie ;
   Des cieux la coupole infinie
   Laisse pleuvoir mille feux éclatants.
Je sens glisser dans l'air la brise matinale ;
De ma poitrine ardente un souffle pur s'exhale.
J'entends autour de moi le réveil des oiseaux,
Le long bruissement des plantes et des eaux.....
Oh ! qu'il est doux de vivre au fond des solitudes,
Loin de la lutte humaine et loin des multitudes !....

Orchestre seul..... ....

(Des fragments de la ronde des Paysans et de la fanfare de la Marche hongroise se distinguent au travers de la trame instrumentale. Lointaines rumeurs agrestes et guerrières qui commencent à troubler le calme de la scène pastorale.

---

(1) Quelques morceaux du livret sont empruntés à la traduction française de *Faust* de Goëthe par Gérard de Nerval ; une partie des scènes I, IV, VI, VII, est de M. Gandonnière, tout le reste des paroles est de Hector Berlioz.

SCÈNE II

(Danse de paysans.)

Ronde en chœur.

« Les bergers quittent leurs troupeaux ;
» Pour la fête ils se rendent beaux ,
» Rubans et fleurs sont leur parure.
» Sous les tilleuls, les voilà tous
» Dansant, sautant comme des fous.
        » Ha ! ah ! ah ! ha !
        » Landerira !
    » Suivez donc la mesure ! »

FAUST

Quels sont ces cris, ces chants ? Quel est ce bruit lointain ?...
. . . .
. . . .
Ce sont des villageois, au lever du matin,
Qui dansent en chantant sur la verte pelouse.
De leurs plaisirs ma misère est jalouse.

2ᵉ COUPLET DE LA RONDE.

« Ils passaient tous comme l'éclair,
» Et les robes volaient en l'air ;
» Mais bientôt on fut moins agile :
» Le rouge leur montait au front,
» Et l'un sur l'autre dans le rond,
        » Ha ! ha ! ha ! ha !
        » Landerira !
    » Tous tombaient à la file. »

3ᵈ COUPLET.

« Ne me touchez donc pas ainsi ! »
« — Paix ! ma femme n'est point ici !
» Profitons de la circonstance ! »
« Dehors il l'emmena soudain ,
» Et tout pourtant alla son train ,
        » Ha ! ha ! ha ! ha !
        » Landerira !
    » La musique et la danse. »

SCÈNE III

(Une autre partie de la plaine. — Une armée qui s'avance.)

FAUST

Mais d'un éclat guerrier ces campagnes se parent.
Ah ! les fils du Danube aux combats se préparent !
        Avec quel air fier et joyeux
Ils portent leur armure ! Et quel feu dans leurs yeux !

Tout cœur frémit à leur chant de victoire ;
Le mien seul reste froid, insensible à la gloire.

(Marche hongroise (1). Les troupes passent. Faust s'éloigne).

Orchestre seul . . . .
. . . .

DEUXIÈME PARTIE

SCÈNE IV

(Nord de l'Allemagne)

FAUST, *seul, dans son cabinet de travail.*

Sans regrets j'ai quitté les riantes campagnes
    Où m'a suivi l'ennui ;
Sans plaisir je revois nos altières montagnes ;
Dans ma vieille cité je reviens avec lui.
Oh ! je souffre ! je souffre ! et la nuit sans étoiles,
Qui vient d'étendre au loin son silence et ses voiles,
    Ajoute encore à mes sombres douleurs.
O terre ! pour moi seul tu n'as donc pas de fleurs !
Par le monde, où trouver ce qui manque à ma vie ?
Je chercherais en vain, tout fuit mon âpre envie !
Allons, il faut finir !... Mais je tremble... Pourquoi
Trembler devant l'abîme entr'ouvert devant moi ?...
O coupe ! trop longtemps à mes désirs ravie,
Viens, viens, noble cristal, verse-moi le poison
    Qui doit illuminer
    Ou tuer ma raison.

(Il porte la coupe à sa bouche. Son des cloches. Chants religieux dans l'église voisine.)

HYMNE DE LA FÊTE DE PAQUES

Chœur

» Christ vient de ressusciter !
  » Quittant du tombeau
  » Le séjour funeste,
  » Au parvis céleste
  » Il monte plus beau
» Vers les gloires immortelles.
» Tandis qu'il s'élance à grands pas,
  » Ses disciples fidèles
  » Languissent ici-bas.

---

(1) Le thème de cette marche, que M. Berlioz a instrumenté et développé, est célèbre en Hongrie, sous le nom de *Rakoczy* ; il est très-ancien, d'un auteur inconnu ; c'est le chant de guerre des Hongrois.

» Hélas ! c'est ici qu'il nous laisse,
» Sous les traits brûlants du malheur.
» O divin Maître ! ton bonheur
» Est cause de notre tristesse ;
» Mais croyons en sa parole éternelle.
   » Hosanna !
   » Hosanna ! »

FAUST

Qu'entends-je ?... O souvenirs ! O mon âme tremblante !
Sur l'aile de ces chants vas-tu voler aux cieux ?...
   La foi chancelante
Revient me ramenant la paix des jours pieux :
   Mon heureuse enfance,
   La douceur de prier,
   La pure jouissance
   D'errer et de rêver
   Par les vertes prairies,
   Aux clartés infinies
   D'un soleil de printemps !...
O baiser de l'amour céleste,
Qui remplissais mon cœur de doux pressentiments
Et chassais tout désir funeste !...

RÉCITATIF

Hélas ! doux chants du ciel, pourquoi dans sa poussière
Réveiller le maudit ? Hymnes de la prière,
Pourquoi soudain venir ébranler mon dessein ?
Vos suaves accords rafraîchissent mon sein,
   Chants plus doux que l'aurore,
   Retentissez encore :
Mes larmes ont coulé, le ciel m'a reconquis.

SCÈNE V

FAUST ET MÉPHISTOPHÉLÈS

MÉPHISTOPHÉLÈS, *apparaissant brusquement.*

O pure émotion ! Enfant du saint parvis !
Je t'admire, docteur ! les pieuses volées
   De ces cloches d'argent
   Ont charmé grandement
   Tes oreilles troublées !

FAUST

Qui donc es-tu, toi, dont l'ardent regard
Pénètre ainsi que l'éclat d'un poignard,
   Et qui, comme la flamme,
   Brûle et dévore l'âme ?

MÉPHISTOPHÉLÈS

Vraiment, pour un docteur, la demande est frivole !
Je suis l'esprit de vie, et c'est moi qui console.
Je te donnerai tout, le bonheur, le plaisir,
Tout ce que peut rêver le plus ardent désir.

FAUST

Eh bien ! pauvre démon, fais-moi voir tes merveilles.

MÉPHISTOPHÉLÈS

Certes, j'enchanterai tes yeux et tes oreilles.
Au lieu de t'enfermer, triste comme le ver
Qui ronge tes bouquins, viens, suis-moi, change d'air.

FAUST

J'y consens.

MÉPHISTOPHÉLÈS

      Partons donc pour connaître la vie,
Et laisse le fatras de ta philosophie.

(*Ils disparaissent dans les airs.*)

Orchestre seul . . . .
. . . .

SCÈNE VI

(*La cave d'Auerbach à Leipzig.*)

FAUST, MÉPHISTOPHÉLÈS, BRANDER

ÉTUDIANTS, BOURGEOIS ET SOLDATS

Chœur de buveurs.

A boire encor ! Du vin
Du Rhin !

MÉPHISTOPHÉLÈS

Voici, Faust, un séjour de folle compagnie ;
Ici vins et chansons réjouissent la vie.

Chœur.

Oh ! qu'il fait bon quand le ciel tonne
Rester près d'un bol enflammé,
Et se remplir comme une tonne
Dans un cabaret enfumé !
J'aime le vin et cette eau blonde
Qui fait oublier le chagrin.
Quand ma mère me mit au monde,
J'eus un ivrogne pour parrain.
Oh ! qu'il fait bon, etc., etc.

Quelques, buveurs.

Qui sait quelque plaisante histoire ?
En riant, le vin est meilleur.
À toi, Brander !

Autres buveurs.

Il n'a plus de mémoire !

BRANDER, *ivre.*

J'en sais une, et j'en suis l'auteur.

TOUS

Eh bien donc, vite !

BRANDER

Puisqu'on m'invite,
Je vais vous chanter du nouveau.

TOUS

Bravo ! bravo !

CHANSON DE BRANDER

1ᵉʳ COUPLET

« Certain rat, dans une cuisine,
» Établi comme un vrai frater,
» S'y traitait si bien, que sa mine
» Eût fait envie au gros Luther.
» Mais un beau jour le pauvre diable,
» Empoisonné, sauta dehors,
» Aussi triste, aussi misérable
» Que s'il eût eu l'amour au corps.

Chœur.

» Que s'il eût eu l'amour au corps.

2ᵉ COUPLET

» Il courait devant et derrière,
» Il grattait, reniflait, mordait,
» Parcourait la maison entière ;
» La rage à ses maux ajoutait,
» Au point qu'à l'aspect du délire
» Qui consumait ses vains efforts,
» Les mauvais plaisants pouvaient dire :
» Il a, ma foi, l'amour au corps.

Chœur.

» Il a, ma foi, l'amour au corps.

3ᵉ COUPLET

» Dans le fourneau le pauvre sire
» Crut pourtant se cacher très bien ;

» Mais il se trompait, et le pire
» C'est qu'on l'y fit rôtir enfin.
» La servante, méchante fille,
» De son malheur rit bien alors.
» Ah! disait-elle, comme il grille!
» Il a vraiment l'amour au corps.

Chœur.

» Il a vraiment l'amour au corps.
» *Requiescat in pace.* Amen. »

BRANDER

Pour l'amen une fugue, une fugue, un choral!
Improvisons un morceau magistral.

MÉPHISTOPHÉLÈS, *bas à Faust.*

Ecoute bien ceci! nous allons voir, docteur,
La bestialité dans toute sa candeur.

Chœur.

(*Fugue sur le thème de la chanson de Brander*).

Amen. A.....men. A.....men. Amen.

MÉPHISTOPHÉLÈS, *s'avançant.*

Vrai Dieu, messieurs, votre fugue est fort belle
Et telle,
Qu'à l'entendre on se croit aux saints lieux!
Souffrez qu'on vous le dise :
Le style en est savant, vraiment religieux;
On ne saurait exprimer mieux
Les sentiments pieux
Qu'en terminant ses prières l'Eglise
En un seul mot résume. Maintenant,
Puis-je à mon tour riposter par un chant
Sur un sujet non moins touchant
Que le vôtre?

Chœur.

Ah çà! mais se moque-t-il de nous?
Quel est cet homme?
Oh! qu'il est pâle, et comme
Son poil est roux!
N'importe! Volontiers. Autre chanson. A vous.

CHANSON DE MÉPHISTOPHÉLÈS

Ier COUPLET

« Une puce gentille
» Chez un prince logeait;
» Comme sa pauvre fille
» Le brave homme l'aimait;

» Et, l'histoire l'assure,
» Par son tailleur, un jour,
» Lui fit prendre mesure
» Pour un habit de cour.

2e COUPLET

» L'insecte, plein de joie,
» Dès qu'il se vit paré
» D'or, de velours, de soie,
» Et de croix décoré,
» Fit venir de province
» Ses frères et ses sœurs,
» Qui, par ordre du prince,
» Devinrent grands seigneurs.

3e COUPLET.

» Mais ce qui fut bien pire,
» C'est que les gens de cour,
» Sans en oser rien dire,
» Se grattaient tout le jour,
» Cruelle politique !
» Ah ! plaignons leur destin,
» Et dès qu'une nous pique
» Ecrasons-la soudain.

Chœur.

« Ah ! ah ! bravo !
» Bravissimo !
» Ecrasons-la soudain. »

FAUST

Assez ! fuyons ces lieux où la parole est vile,
La joie ignoble et le geste brutal.
N'as-tu d'autres plaisirs, un séjour plus tranquille
A me donner, toi, mon guide infernal ?

MÉPHISTOPHÉLÈS

Ah ! ceci te déplait ! suis-moi.

(Ils partent à travers les airs sur le manteau de Faust.)

Orchestre seul . . . .
. . . .

SCÈNE VII

(Bosquets et prairies des bords de l'Elbe.)

FAUST, MÉPHISTOPHÉLÈS

Chœur de Gnomes et de Sylphes.

MÉPHISTOPHÉLÈS

Voici des roses
De cette nuit écloses.

Sur ce lit embaumé,
O mon Faust bien-aimé,
Repose !
Dans un voluptueux sommeil,
Où glissera sur toi plus d'un baiser vermeil,
Où des fleurs pour ta couche ouvriront leurs corolles,
Ton oreille entendra de divines paroles
Ecoute ! les esprits de la terre et de l'air
Commencent, pour ton rêve, un suave concert.

SONGE DE FAUST

(Chœur de Sylphes et de Gnomes.)

Dors, heureux Faust, dors ! Bientôt, sous un voile
D'or et d'azur, tes yeux vont se fermer ;
Songes d'amour vont enfin te charmer,
Au front des cieux va briller ton étoile.

Chœur

« De sites ravissants
» La campagne se couvre
» Et notre œil y découvre
» Des prés, des bois, des champs,
» Et d'épaisses ramées,
» Où de tendres amants
» Promènent leurs pensées.
» Mais plus loin sont couverts
» Les longs rameaux des treilles
» De bourgeons, pampres verts
» Et de grappes vermeilles.
» Vois ces jeunes amants,
» Le long de la vallée,
» Oublier les instants
» Sous la fraîche feuillée. »

MÉPHISTOPHÉLÈS, *avec le chœur.*

Une beauté les suit
Ingénue et pensive ;
A sa paupière luit
Une larme furtive.
Faust ! Elle t'aimera
Bientôt.

FAUST, *endormi.*

Margarita !

LE CHŒUR

« A l'entour des montagnes
» Le lac étend ses flots,
» Dans les vertes campagnes
» Il serpente en ruisseau.

» Là, de chants d'allégresse
» La rive retentit.
» D'autres chœurs là sans cesse,
» La danse nous ravit.
» Les uns gaiement s'avancent
» Autour des coteaux verts,
» De plus hardis s'élancent
» Au sein des flots amers.
» Partout l'oiseau timide,
» Cherchant l'ombre et le frais,
» S'enfuit d'un vol rapide
» Au milieu des marais.
» Tous, pour goûter la vie,
» Tous cherchent dans les cieux
» Une étoile chérie
» Qui s'alluma pour eux. »
Dors, dors!

FAUST, *endormi.*

Margarita!

CHŒUR

C'est elle
Qu'Amour te destina. Regarde! qu'elle est belle!

MÉPHISTOPHÉLÈS

Le charme opère, il est à nous!
C'est bien, jeunes esprits, je suis content de vous.
. . . .
Bercez, bercez son sommeil enchanté.

BALLET DES SYLPHES

(Les esprits de l'air se balancent quelque temps en silence autour de Faust endormi et disparaissent peu à peu.)

FAUST, *s'éveillant.*

Quelle céleste image! Oh! qu'ai-je vu! Quel ange
Au front mortel!
Où le trouver! Vers quel autel
Trainer à ses pieds ma louange?...

MÉPHISTOPHÉLÈS

Eh bien! il faut me suivre encor
Jusqu'à cette alcôve embaumée
Où repose ta bien-aimée.
A toi seul ce divin trésor!
Des étudiants voici la joyeuse cohorte
Qui va passer devant sa porte ;
Parmi ces jeunes fous, au bruit de leurs chansons,
Vers ta beauté nous parviendrons.
Mais contiens tes transports et suis bien mes leçons.

SCÈNE VIII

Chœurs d'Étudiants et de Soldats.

(Marchant vers la ville).

LES SOLDATS

« Villes entourées
» De murs et remparts,
» Fillettes parées,
» Aux malins regards,
» Victoire certaine
» Près de vous m'attend ;
» Si grande est la peine,
» Le prix est plus grand.
» Au son des trompettes,
» Les braves soldats
» S'élancent aux fêtes,
» Ou bien aux combats :
» Fillettes et villes
» Font les difficiles :
» Bientôt tout se rend.
» Si grande est la peine, le prix est plus grand. »

LES ÉTUDIANTS

Jam nox stellata velamina pandit : nunc bidendum et amandum est! Vita brevis fugaxque voluptas. Gaudeamus igitur, gaudeamus.

Nobis subridente luna, per urbem quærentes puellas eamus! Ut cras, fortunati Cæsares, dicamus : Veni, vidi, vici! Gaudeamus igitur, gaudeamus! (1).

Les deux chœurs ensemble.

LES SOLDATS

Villes entourées, etc.

FAUST, MÉPHISTOPHÉLÈS ET LES ÉTUDIANTS

Jam nox stellata, etc.

TROISIÈME PARTIE

SCÈNE IX

(*Des tambours et des trompettes sonnent au loin la retraite.*)

. . . .

FAUST, *le soir, dans la chambre de Marguerite.*

Merci, doux crépuscule! Oh! sois le bienvenu.
Eclaire enfin ces lieux, sanctuaire inconnu,

---

(1) Déjà la nuit étend ses voiles étoilés ; c'est l'heure de boire et d'aimer! la vie est courte et le plaisir fugitif. Réjouissons-nous donc, réjouissons-nous ! Pendant que la lune nous sourit, allons par la ville faire des conquêtes! pour que demain, heureux Césars, nous disions : Je suis venu, j'ai vu, j'ai vaincu ! Réjouissons-nous donc, réjouissons-nous !

Où je sens à mon front glisser comme un beau rêve,
Comme le frais baiser d'un matin qui se lève.
C'est de l'amour, j'espère... Oh ! comme on sent ici
S'envoler le souci !
Que j'aime ce silence, et comme je respire
Un air pur !... O Seigneur,
Après ce long martyre,
Que de bonheur !
O jeune fille ! ô ma charmante !
O ma trop idéale amante !
Quel sentiment j'éprouve en ce moment fatal !
Que j'aime à contempler ton chevet virginal !
Quel air pur je respire !
Seigneur ! Seigneur !
Après ce long martyre,
Que de bonheur !

(Faust marchant lentement, examine avec une curiosité passionnée l'intérieur de la chambre de Marguerite.)

SCÈNE X

MÉPHISTOPHÉLÈS, FAUST

MÉPHISTOPHÉLÈS, *accourant.*

La voici, je l'entends ! Sous ces rideaux de soie,
Cache-toi.

FAUST

Dieu ! mon cœur se brise dans la joie !

MÉPHISTOPHÉLÈS

Profite des instants. Adieu, modère-toi,
Ou tu la perds.

(Il cache Faust sous le rideau.)

Bien. Mes follets et moi
Nous allons vous chanter un bel épithalame.

(Il sort.)

FAUST

Oh ! calme-toi, mon âme.

SCÈNE XI

MARGUERITE, FAUST *caché.*

MARGUERITE, *entrant, une lampe à la main.*

Que l'air est étouffant !
J'ai peur comme un enfant ;
C'est mon rêve d'hier qui m'a toute troublée...
En songe je l'ai vu... lui... mon futur amant.
Qu'il était beau ! Dieu ! j'étais tant aimée !

Et comme je l'aimais !
Nous verrons-nous jamais
Dans cette vie ?...
Folie !...
(Elle chante en tressant ses cheveux.)

LE ROI DE THULÉ
Chanson gothique.

1ᵉʳ COUPLET

« Autrefois un roi de Thulé,
» Qui jusqu'au tombeau fut fidèle.
» Reçut, à la mort de sa belle,
» Une coupe d'or ciselé.
» Comme elle ne le quittait guère,
» Dans les festins les plus joyeux,
» Toujours une larme légère
» A sa vue humectait ses yeux.

2ᵉ COUPLET

» Ce prince à la fin de sa vie,
» Lègue ses villes et son or,
» Excepté la coupe chérie
» Qu'à la main il conserve encor.
» Il fait, à sa table royale,
» Asseoir ses barons et ses pairs,
» Au milieu de l'antique salle
» D'un château que baignaient les mers.

3ᵉ COUPLET

» Le buveur se lève et s'avance
» Auprès d'un vieux balcon doré ;
» Il boit et soudain sa main lance
» Dans les flots le vase sacré.
» Le vase tombe ; l'eau bouillonne,
» Puis se calme aussitôt après.
» Le vieillard pâlit et frissonne :
» Il ne boira plus désormais. »
. . . .
« Autrefois un roi..... de Thulé.....
» Jusqu'au tombeau..... fut fidèle..... »
(Profond soupir) Ah !....

SCÈNE XII
(Une place de la maison de Marguerite.)
MÉPHISTOPHÉLÈS ET FOLLETS

EVOCATION

MÉPHISTOPHÉLÈS

Esprit des flammes inconstantes,
Accourez ! j'ai besoin de vous.

Orchestre seul . . . .
. . . .

Follets capricieux, vos lueurs malfaisantes
Vont charmer une enfant et l'amener à nous.

Orchestre seul . . . .
. . . .

Au nom du diable, en danse !
Et vous, marquez bien la cadence,
Ménétriers d'enfers, ou je vous éteins tous.

*(Les follets exécutent des évolutions et des danses bizarres autour de la
maison de Marguerite.)*

MENUET DES FOLLETS, BALLET

Orchestre seul . . . .
. . . .

MÉPHISTOPHÉLÈS *faisant le geste d'un homme qui joue de la vielle.*

Maintenant,
Chantons à cette belle une chanson morale,
Pour la perdre plus sûrement.

SÉRÉNADE DE MÉPHISTOPHÉLÈS

Avec chœur de Follets.

MÉPHISTOPHÉLÈS

« Devant la maison
» De celui qui t'adore,
» Petite Louison
» Que fais-tu dès l'aurore ?
» Au signal du plaisir,
» Dans la chambre du drille
» Tu peux bien entrer fille,
» Mais non fille en sortir.

» Il te tend les bras :
» Près de lui tu cours vite.
» Bonne nuit, hélas !
» Bonne nuit, ma petite.
» Près du moment fatal
» Fais grande résistance
» S'il ne t'offre d'avance
» Un anneau conjugal.

Chœur.

» Il te tend les bras, etc. »

MÉPHISTOPHÉLÈS

Chut ! chut ! disparaissez !.... silence !....

(Les follets s'abiment.)

Allons voir roucouler nos tourtereaux.

SCÈNE XIII

Chambre de Marguerite

FAUST ET MARGUERITE

MARGUERITE, *apercevant Faust.*

Grands dieux !
Que vois-je ! est-ce bien lui ? dois-je en croire mes yeux ?...

FAUST

Ange adoré, dont la céleste image
Avant de te connaître illuminait mon cœur,
Enfin je t'aperçois, et du jaloux nuage
Qui te cachait encor mon amour est vainqueur.
Marguerite, je t'aime !

MARGUERITE

Tu sais mon nom ? Moi-même
J'ai souvent dit le tien :
Faust !...

FAUST

Ce nom est le mien ;
Un autre le sera s'il te plaît davantage.

MARGUERITE

En songe je t'ai vu tel que je te revois.

FAUST

En songe tu m'as vu !...

MARGUERITE

Je reconnais ta voix,
Tes traits, ton doux langage...

FAUST

Et tu m'aimais ?

MARGUERITE

Je... t'attendais.

FAUST

Marguerite adorée !

MARGUERITE

Ma tendresse inspirée
Etait d'avance à toi.

FAUST

Marguerite est à moi.

MARGUERITE

Mon bien-aimé, ta noble et douce image
Avant de te connaître illuminait mon cœur !
Enfin je t'aperçois, et du jaloux nuage
Qui te cachait encor ton amour est vainqueur.

FAUST

Ange adoré, etc.

FAUST

Marguerite ! ô tendresse !
Cède à l'ardente ivresse
Qui vers toi m'a conduit.

MARGUERITE

Je ne sais quelle ivresse,
Brûlante, enchanteresse,
Dans ses bras me conduit.

MARGUERITE

Quelle langueur s'empare de mon être !...

FAUST

Au vrai bonheur dans mes bras tu vas naître,
Viens...

MARGUERITE

Dans mes yeux des pleurs.....
Tout s'efface.... Je meurs...

SCÈNE XIV

FAUST, MARGUERITE, MÉPHISTOPHÉLÈS

MÉPHISTOPHÉLÈS, *entrant brusquement.*

Allons, il est tard !

MARGUERITE

Quel est cet homme ?

FAUST

Un sot.

MÉPHISTOPHÉLÈS

Son regard
Me déchire le cœur.

MÉPHISTOPHÉLÈS

Sans doute je dérange.....

FAUST

Qui t'a permis d'entrer ?

MÉPHISTOPHÉLÈS

Il faut sauver cet ange !
Déjà tous les voisins éveillés par nos chants,
Accourent, désignant la maison aux passants ;
En raillant Marguerite, ils appellent sa mère.
La vieille va venir....

FAUST

Que faire ?

MÉPHISTOPHÉLÈS

Il faut partir.

FAUST

Damnation !

MÉPHISTOPHÉLÈS

Vous vous verrez demain ; la consolation
Est bien près de la peine.

MARGUERITE

Oui, demain, bien-aimé. Dans la chambre prochaine
Déjà j'entends du bruit.

FAUST

Adieu donc, belle nuit
A peine commencée ! Adieu, festin d'amour
Que je m'étais promis !

MÉPHISTOPHÉLÈS

Partons, voilà le jour.

FAUST

Te reverrai-je encor, heure trop fugitive,
Où mon âme au bonheur allait bientôt s'ouvrir ?

MÉPHISTOPHÉLÈS

La foule arrive :
Hâtons-nous de partir !

CHŒUR DE VOISINS ET DE VOISINES, *dans la rue.*

Holà ! mère Oppenheim, vois ce que fait ta fille !
L'avis n'est pas hors de saison :
Un galant est dans ta maison,
Et tu verras dans peu s'accroître ta famille.
Holà ! Holà !

MARGUERITE

Ciel ! entends-tu ces cris ? Devant Dieu, je suis morte
Si l'on te trouve ici !

MÉPHISTOPHÉLÈS

Viens ! on frappe à la porte !

FAUST

O fureur !

MÉPHISTOPHÉLÈS

O sottise !

MARGUERITE

Adieu. Par le jardin
Vous pouvez échapper.

FAUST

O mon ange ! à demain !

MÉPHISTOPHÉLÈS

A demain ! A demain !

FAUST

Je connais donc enfin tout le prix de la vie,
Le bonheur m'apparaît et je vais le saisir.
L'amour s'est emparé de mon âme ravie,
Il comblera bientôt mon dévorant désir.

MARGUERITE

O mon Faust bien-aimé, je te donne ma vie !
Pourrai-je te charmer au gré de mon désir ?...
L'amour s'est emparé de mon âme ravie,
Il m'entraîne vers toi : te perdre c'est mourir.

MÉPHISTOPHÉLÈS

Je puis donc à mon gré te traîner dans la vie
Fier esprit ! sans combler ton dévorant désir,
L'amour en t'enivrant doublera ta folie,
Et le moment approche où je vais te saisir.

FAUST

Je connais donc enfin, etc.

MARGUERITE

O mon Faust bien-aimé, etc.

MÉPHISTOPHÉLÈS

Je puis donc à mon gré, etc.

CHŒUR *au dehors.*

Holà, etc., etc.

QUATRIÈME PARTIE

SCÈNE XV

(Chambre de Marguerite.)

MARGUERITE. *seule.*

I

« D'amour l'ardente flamme
» Consume mes beaux jours.
» Ah ! la paix de mon âme
» A donc fui pour toujours !

II

» Son départ, son absence,
» Sont pour moi le cercueil ;
» Et loin de sa présence
» Tout me paraît en deuil.

III

» Alors ma pauvre tête
» Se dérange bientôt;
» Mon faible cœur s'arrête,
» Puis se glace aussitôt.

IV

» Sa marche que j'admire,
» Son port si gracieux,
» Sa bouche au doux sourire,
» Le charme de ses yeux.

V

» Sa voix enchanteresse
» Dont il sait m'embraser,
» De sa main la caresse,
» Hélas! et son baiser,

VI

» D'une amoureuse flamme
» Consument mes beaux jours
» Ah! la paix de mon âme
» A donc fui pour toujours!

VII

» Je suis à ma fenêtre
» Ou dehors tout le jour :
» C'est pour le voir paraître
» Ou hâter son retour.

VIII

» Mon cœur bat et se presse,
» Dès qu'il le sent venir ;
» Au gré de ma tendresse
» Puis-je le retenir !

IX

» O caresses de flamme !
» Que je voudrais un jour
» Voir s'exhaler mon âme
» Dans ses baisers d'amour ! »

(Tambours et trompettes sonnant la retraite. — Chœurs de soldats et d'étudiants qui se font entendre dans le lointain.)

Chœur.

« Villes entourées
» De murs et remparts
» Fillettes parées
» Aux malins regards
» Victoire certaine
» Près de vous m'attend
» Si grande est la peine
» Le prix est plus grand. »

MARGUERITE

Bientôt la ville entière au repos va se rendre ;
Clairons, tambours du soir déjà se font entendre
Avec des chants joyeux,
Comme au soir où l'amour offrit Faust à mes yeux.

Chœur.

Jam nox stellata velamina pandit.
Per urbem quærentes puellas eamus.

MARGUERITE

Il ne vient pas !
Hélas !

SCÈNE XVI

(Foréts, Cavernes.)

INVOCATION A LA NATURE

FAUST *seul*

Nature immense, impénétrable et fière,
Toi seule donnes trève à mon ennui sans fin ;
Sur ton sein tout puissant je sens moins ma misère ;
Je retrouve ma force, et je crois vivre enfin.
Oui, soufflez, ouragans ! criez, forêts profondes !
Croulez, rochers ! Torrents, précipitez vos ondes !
A vos bruits souverains ma voix aime à s'unir.
Forêts, rochers, torrents, je vous adore ! Mondes
Qui scintillez, vers vous s'élance le désir
D'un cœur trop vaste et d'une âme altérée
D'un bonheur qui la fuit.

SCÈNE XVII

MÉPHISTOPHÉLÈS *gravissant les rochers.*

A la voûte azurée
Aperçois-tu, dis-moi, l'astre d'amour constant ?
Son influence, ami, serait fort nécessaire ;
Car tu rêves ici, quand cette pauvre enfant,
Marguerite...

FAUST

Tais-toi !

MÉPHISTOPHÉLÈS

Sans doute il faut me taire
Tu n'aimes plus ! Pourtant en un cachot traînée,
Et pour un parricide à la mort condamnée.....

FAUST

Quoi !

MÉPHISTOPHÉLÈS

J'entends des chasseurs qui parcourent les bois.

FAUST

Achève, qu'as-tu dit ? Marguerite en prison ?...

MÉPHISTOPHÉLÈS

Certaine liqueur brune, un innocent poison,
Qu'elle tenait de toi, pour endormir sa mère
Pendant vos nocturnes amours,
A causé tout le mal. Caressant sa chimère,
T'attendant chaque soir, elle en usait toujours,

Elle en a tant usé, que la vieille en est morte.
Tu comprends maintenant ?

FAUST

Feux et tonnerre !

MÉPHISTOPHÉLÈS

En sorte

Que son amour pour toi la conduit.....

FAUST

Sauve-la,
Sauve-la, misérable !

MÉPHISTOPHÉLÈS

Ah ! je suis le coupable !
On vous reconnaît là !
Ridicules humains ! N'importe !
Je suis le maître encor de t'ouvrir cette porte ;
Mais qu'as-tu fait pour moi
Depuis que je te sers ?

FAUST

Qu'exiges-tu ?

MÉPHISTOPHÉLÈS

De toi ?
Rien qu'une signature
Sur ce vieux parchemin.
Je sauve Marguerite à l'instant, si tu jures
Et signes ton serment de me servir demain.

FAUST

Eh ! que me fait *demain*, quand je souffre à cette heure !
Donne. (Il signe). Voilà mon nom. Vers sa sombre demeure
Volons donc maintenant. O douleur insensée !
Marguerite, j'accours !

MÉPHISTOPHÉLÈS

A moi, Vortex ! Giaour !
Sur ces deux noirs chevaux, prompts comme la pensée,
Montons et au galop... La justice est pressée.

(Ils partent.)

SCÈNE VIII

LA COURSE A L'ABIME

(Plaines, montagnes et vallées.)

FAUST *et* MÉPHISTOPHÉLÈS, *galopant sur deux chevaux noirs.*

FAUST

Dans mon cœur retentit sa voix désespérée.....

Orchestre seul..................:..................
..............\...... ....:...... ....

O pauvre abandonnée!

Chœur de paysans.
(Agenouillés devant une croix champêtre.)
Sancta Maria, ora pro nobis
Sancta Magdalena, ora pro nobis.

FAUST

Prends garde à ces enfants, à ces femmes priant
Au pied de cette croix.

MÉPHISTOPHÉLÈS

Et qu'importe! en avant!

Chœur.
Sancta Margarita, ora pro. . — Ah!!!
(Cris d'effroi. Le chœur se disperse en tumulte. Les cavaliers passent.)

...................................:.................
..

FAUST

Dieux! un monstre hideux en hurlant nous poursuit!

MÉPHISTOPHÉLÈS

Tu rêves!

FAUST

Quel essaim de grands oiseaux de nuit!
Quels cris affreux!... ils me frappent de l'aile!...

MÉPHISTOPHÉLÈS, *retenant son cheval.*

Le glas des trépassés sonne déjà pour elle.
As-tu peur? Retournons.

(Ils s'arrêtent.)

FAUST

Non, je l'entends. Courons!

(Les chevaux redoublent de vitesse).

Orchestre seul...
...

MÉPHISTOPHÉLÈS, *excitant son cheval.*

Hop! hop! hop!

FAUST

Regarde, autour de nous, cette ligne infinie
De squelettes dansant.
Avec quel rire horrible ils nous saluent!

MÉPHISTOPHÉLÈS, *animant les chevaux.*

Enfant!
Hop! hop!... pense à sauver sa vie,
Hop! et ris-toi des morts.

Orchestre seul ....
...

FAUST, *de plus en plus épouvanté, et haletant.*

Nos chevaux frémissent,
Leurs crins se hérissent,
Ils brisent leurs mors!
Je vois onduler
Devant nous la terre;
J'entends le tonnerre
Sous nos pieds rouler!
Il pleut du sang!!!

MÉPHISTOPHÉLÈS, *d'une voix tonnante.*

Cohortes infernales!
Sonnez vos trompes triomphales!
Il est à nous!

FAUST

Horreur!

MÉPHISTOPHÉLÈS

Je suis vainqueur!

(Ils tombent dans un gouffre.)

SCÈNE XIX ET DERNIÈRE

(L'Enfer. — Faust est livré aux flammes.)

CHŒUR DE DÉMONS

Has ! Has ! Méphisto !
Has ! Has ! Irimiru Karabrao ! (1)

ÉPILOGUE

(Sur la Terre)

QUELQUES VOIX

Alors l'enfer se tut.
L'affreux bouillonnement de ses grands lacs de flammes ,
Les grincements de dents de ses tourmenteurs d'âmes
Se firent seuls entendre, et dans ses profondeurs
Un mystère d'horreur s'accomplit.

Chœur

O terreurs !

(Dans le Ciel)

SÉRAPHINS *inclinés devant le Très-Haut.*

Laus !... Hosanna !
Elle a beaucoup aimé, Seigneur !...

(Silence. Murmures harmonieux.)

UNE VOIX *dans les hauteurs des cieux.*

Margarita !!!...

CHŒUR D'ANGES

Apothéose de Marguerite.

Remonte au ciel, âme naïve
Que l'amour égara ;
Viens revêtir ta beauté primitive
Qu'une erreur altéra.
Viens, les vierges divines,
Tes sœurs les Séraphines,
Sauront tarir tes pleurs
Que t'arrachent encor les terrestres douleurs.
L'Eternel te pardonne, et sa vaste clémence,
Un jour, sur Faust aussi peut-être s'étendra.
Conserve l'espérance
Et souris au bonheur. Viens, viens , Margarita !
Viens, Viens !...

FIN

---

(1) Cette langue est celle que Swedenborg appelait la langue *infernale* et qu'il croyait en usage chez les démons et les damnés.

SOCIÉTÉ DES CONCERTS POPULAIRES
DE NANTES

PRÉSIDENT D'HONNEUR

MM. J.-B. GUILLEY.

VICE-PRÉSIDENTS

A. LESPINETTE.
ANDRÉ LA ROCHE.

COMMISSAIRES

ALPH. WEINGAERTNER ✪, *chef d'orchestre.*
P. LHERMIES, *trésorier.*
ALFRED CHEVALIER, *secrétaire.*
FERNAND LA ROCHE, *secrétaire-adjoint.*
PAUL DURAND, *bibliothécaire.*
A. CHAMPENOIS, *bibliothécaire-adjoint.*
ABEL BOURDIN.
EDOUARD RIOM.
FÉLIX LEHUÉDÉ.
RENÉ LEBEC.

MEMBRES FONDATEURS

MM. ABEL BOURDIN.
ALPH. BRIAND.
JULES BROUSSET.
CARRÉ.
ALBERT CHAMPENOIS.
GILIBERT CHANEY.
RAOUL CHANEY.
A. CHEVALIER.
G. COLOMBEL.
D. COSSÉ.
A. DESLOGE.
DELANOË.
L. DIDION.
P. DORÉ-GRASLIN.
GATINEAU.
CH. DE GRANDCOURT.
G. GRIGNON-DUMOULIN.

MM. GUILLEY.
Dʳ LAENNEC.
ANDRÉ LA ROCHE.
FERNAND LA ROCHE.
OLIVIER LA ROCHE.
LOUIS LECHAT.
DE LESDAIN.
A. LESPINETTE.
P. LHERMIES.
TH. MATTAT.
C. PIECKOWSKI.
PRÉLY.
ALFRED RIOM.
ED. RIOM.
FRANCIS ROUSSELOT.
A. WEINGAERTNER.

EXTRAIT DES STATUTS

SOUSCRIPTEURS MEMBRES FONDATEURS

ARTICLE PREMIER. — Chaque souscription est de cent francs.

ART. 2. — Le nombre des souscriptions n'est pas limité.

ART. 3. — Les appels de fonds n'auront lieu que dans le cas d'absolue nécessité constatée par la majorité de la Commission et des souscripteurs réunis en Assemblée extraordinaire.

ART. 4. — Tout souscripteur doit être sociétaire adhérent ou sociétaire exécutant (*Voir Sociétaires adhérents, art. 1 et 2*).

ART. 5. — Les souscripteurs ont droit à tous les Concerts et à deux fauteuils par Concert. Ils peuvent retenir leurs fauteuils pour toute la saison avant le premier Concert.

SOCIÉTAIRES ADHÉRENTS

ARTICLE PREMIER. — Les Sociétaires adhérents paient une cotisation de fr. 30 pour la saison.

Ils doivent verser cette cotisation en une seule fois avant le 1er Janvier.

ART. 2. — Les Sociétaires adhérents ont droit d'assister à toutes les répétitions. Les entrées sont personnelles.

ART. 3. — Les Sociétaires adhérents ont droit à quatre Concerts et à deux places par Concert.

Ils n'ont aucun privilège d'entrée pour les Concerts auxquels l'orchestre de la Société pourrait prêter son concours.

Pour faire partie de la Société, s'adresser au Secrétaire, M. ALFRED CHEVALIER, *rue Héronnière, 6.*

CHEMISERIE

MODÈLE

12, Rue Crébillon, et Rue Boileau, 2

NANTES

ÉTRENNES 1884

MISE EN VENTE

DES

ARTICLES NOUVEAUX

Des principales fabriques de Paris et de Vienne

CHOIX CONSIDÉRABLE

**De Porte-Monnaie, Portefeuilles, Trousses de Poche et
de Voyage, Nécessaires,
Boîtes à Mouchoirs, Boîtes à Gants, etc.**

Toutes les Marchandises sont marquées en chiffres connus.

PRIX FIXE

ONT PRÊTÉ LEUR CONCOURS

à la

SOCIÉTÉ DES CONCERTS POPULAIRES

Mmes DYNA BEUMER, *soprano.*
CAROLINE BRUN, *mezzo-soprano.*
CARON, *soprano.*
DERIVIS, *soprano.*
HARKNESS, *violoniste.*
HAUSSMANN, *soprano.*
L. HERRIA, *soprano.*
LEVIELLI-COULON, *soprano.*
MONTINI, *soprano.*

MM.

A. BERNIER, *compositeur.*
S. BONJOUR, *violoniste.*
BRÉMOND, *corniste.*
E. BROUSTET, *compositeur.*
BUZIAU, *compositeur.*
CLAVERIE, *baryton.*
B. COQUARD, *compositeur.*
DE VROYE, *flûtiste.*
FOURNETS, *basse.*
E. GARNIER, *compositeur.*
LASSALLE, *baryton.*

MM.

LASSERRE, *violoncelliste.*
LEFORT, *violoniste.*
LITOLFF, *compositeur.*
LOEB, *violoncelliste.*
MAZALBERT, *ténor.*
PLANTÉ, *pianiste.*
QUIROT, *baryton.*
RITTER, *pianiste.*
SIVORI, *violoniste.*
A. THIBAUD, *pianiste.*

Nantes. — Imp. F. SALIÈRES, quai de la Fosse, 25.

www.ingramcontent.com/pod-product-compliance
Lightning Source LLC
Chambersburg PA
CBHW060851180626
46818CB00004B/1662